온전한
자유

온전한 자유

발행일   2016년 10월 12일

지은이   윤상철
펴낸이   손형국
펴낸곳   (주)북랩
편집인   선일영   편집   이종무, 권유선, 안은찬, 김송이
디자인   이현수, 김민하, 이정아, 한수희   제작   박기성, 황동현, 구성우, 양수연
마케팅   김회란, 박진관
출판등록   2004. 12. 1(제2012-000051호)
주소   서울시 금천구 가산디지털 1로 168, 우림라이온스밸리 B동 B113, 114호
홈페이지   www.book.co.kr
전화번호   (02)2026-5777   팩스   (02)2026-5747

ISBN   979-11-5987-246-4 03810(종이책)   979-11-5987-247-1 05810(전자책)

사계절의 변화와
하나님의 은혜를
가을 햇살처럼
그려낸
감성 시집

온전한 자유

윤상철 지음

북랩 book Lab

서
문

유한한 삶의 시간과 공간에 펼쳐지는 봄, 여름, 가을, 겨울 사계절의 변화에서 간간이 떠오른 감상들을 단순하고 소박한 시어로 표현하여 보았습니다. 그리고 영원에서부터 영원으로까지 우주와 만물을 섭리하시고 죄의 노예된 인간을 구원하시어 자녀 삼으신 창조주 하나님의 깊은 은혜와 사랑을 헤아려 보았습니다.

지난 5년간 틈틈이 페이스북에 게재한 시들 중 122편을 모아, 이제 시집의 형식으로 출간하게 되었습니다. 그동안 때때로 공감해 주고 격려해준 몇몇 가까운 친구들과 그 밖의 많은 페이스북 친구 여러분께 깊이 감사드립니다.

부족하지만 이 책에 있는 시들의 다만 한 구절이라도 미지의 독자 누군가에게 작은 공감이 될 수 있기를 소망합니다.

2016년 10월

윤상철 드림

목
차

II.
장미꽃이
피면

I.
봄날의 꿈

판타지아Fantasia

꿈결같이
산과 들은
온통
꽃으로 아름답다

이른 봄마다
피어나는
영원한
未知의 판타지아

만물을
새롭게 하시는
신의 변함없는
사랑의 계시

온전한 자유

매혹

만물엔
생기가 가득하고
온갖 꽃들이
피어날 때

봄날은
눈부시도록
사랑스런
영원한 매혹

사월의 노래

어린 새잎
대지를 덮어
신록이 되고

따스한 햇살
강물에 담겨
반짝인다

산과 들
노니는
미풍은 싱그럽고

내 마음
부르는
사월은 감미롭다

온전한 자유

레퀴엠Requiem

때를 다투던
온갖 꽃들
간 곳 없고
무심한 신록만
무성하다

소복한
아카시아꽃
짙은 향기
소리 없는
봄의 레퀴엠

봄날의 꿈

산들바람에
너울대는
신록 속에

눈부시게
아름다운 꽃들
간 곳 없어도

그 빛나는 꿈
아직도
아련히 여울진다

열정

장미 송이마다
피어나는
여름이 오면

긴
소나기
지나가고

눈물 머금은
열정
더욱 붉어라

신록의 그늘 아래

신록을 비추는
금빛 햇살은
감미로운 바람에
출렁인다

잎새 사이를
오가며
파아란 하늘은
나를 부른다

초여름
휴일 아침은
새롭고도
마냥 산뜻하다

온전한 자유

청풍清風

청산녹수의 초여름
간간이
포플러 잎을 팔랑이는
바람이 싱그럽다

문득
낡은 현실을
잊어버리고
청아한 바람이고 싶다

오월의 노래

강과 산
들과 언덕
온 대지는
초록빛 새 옷을 입고

산들바람에
춤을 추는
이파리마다
고운 햇살 반짝이며

계절의 여왕
오월을 맞이한다
모든 만물
푸른 꿈을 안고

온전한 자유

폭염과 호우

폭염을 가르는
장쾌한 호우는
한여름의
멋진 소나타요

해와 구름의
상반된 열정은
대자연의
웅혼한 서사시다

한가위의 달

온 여름이 맺은
오곡백과의 결실
조요히
비추는
교교皎皎한 달빛

그리운 그대
모습을 담아
말없이
날 부르는
은은隱隱한 둥근달

온전한 자유

헤어짐의 미학

울긋불긋
곱게 물든
나뭇잎의 빛깔은
단아하고 조요하다

깊은 색조의 여운으로
가을날을 수놓아
보는 이들에게 남기는
작별의 인사

봄날
파아란 꿈 담은
아주 긴 헤어짐의
아름다운 매듭

랩소디 Rhapsody

가슴 저미게
아름다운
단풍진 나뭇잎

슬픈 이별 앞둔
순수하고도 깊은
사랑의 랩소디

조락凋落의 뜨락에서

고운 빛으로 물들은
처염하기 조차한
애닲은 계절은
凋落하여 바람에 날리고
하얀 눈을 맞고 있다

찬란한 가을입니까
서러운 계절입니까
그러나
파란 하늘 담고 있는
나무는 꿈을 간직합니다

머무름

늦가을
대지를 밝히는
단풍든 나뭇잎

이젠 곧
나무를 떠나
흩어지리

딴은
우리 머묾도
이와 같을 뿐

온전한 자유

마지막 잎새

끈기있게 매달려
차가운 바람의 유혹에
흔들리는

나뭇가지 끝에 걸린
어느 늦가을의
막막한 고독

겨울 나목

잎새를 떨구고
나목裸木이 되어
겨울나무는
삭풍朔風에
몸이 에리다

보라
하이얀 눈은
대지에 펴고
파아란 하늘은
가지에 담는다

한겨울 추위가
매서울수록
새봄을 꿈꾸며
또 하나의
나이테를 만든다

온전한 자유

적설積雪

눈은 아름답다
텅 비인
강과 산에서

눈은 아름답다
소나무
가지 위에서

겨울 외투

도무지
물러서지 않는
겨울의 시샘

하지만
봄은 쓰나미처럼
밀려오고

왠지
포근히 감싸던 외투가
버거워진다

온전한 자유

잎새

밤새 내린
봄비에
다시 피어난
연한 잎새

창밖
나뭇가지에 앉아
말 없는
싱그러움으로

II.
장미꽃이 피면

실버들

소리 없이 이는
한 줌의 바람에도
봄날을 노래하는
연초록빛 실버들

내 마음결에
아릇하게 담겨진
계절의
아름다운 소묘

온전한 자유

매화

밤새 내린 봄비에
무언가 그리워
창문을 여니

빗방울 머금은
매화 송이
더욱 곱구나

하얀 목련 1

만물의
소생을
환호하는
순백의 불꽃

봄의 축제
전야를
밝히는
신의 기쁨

온전한 자유

하얀 목련 2

길마다
거리마다
봄을 밝히는
하얀 불꽃

아름다운
봄 속으로
총총히
사라지나

순백의
지고至高한 사랑
그대
부디 잊지 마시길

하얀 목련 3

소나무에 내린
이른 봄 흰눈처럼
순수와 감동
불러 일으키고

밤하늘에 펼쳐진
폭죽과 같이
너무도 총총히 저버리는
순백의 찬탄讚嘆

벚꽃 1

붉은 잎
낙엽되어 떠나간
빈 가지에
꽃이 피어난다

이른 봄
소망을 주는
무한한
사랑의 계시로

벚꽃 2

어느 봄날
천상의 빛으로 피어나
가슴 설레이고
사랑을 속삭이다

밤새 내린 봄비에
꽃잎만 휘뿌리고
인사도 없이
표표히 사라져 가는

내 가슴속의
속절없는
아련한
화사한 연인

온전한 자유

봄날의 꽃

고운 빛 머금고
말 없는 기쁨으로
천천히 다가와

한순간 꿈처럼
연두빛 숲속으로
총총히 사라져도

그 빛나는 아름다움
아련히
잊을 길 없어라

장미꽃이 피면

산들거리는
푸르른
신록 사이로

열정 머금은
붉은
장미꽃이 피면

어느새
여름이
되어 있다

연가 戀歌

아름다운
오월에
장미 덩굴마다
가득 피어난
붉은 꽃송이

신록의 계절
푸르른 꿈들에
받쳐진
지고至高한
사랑의 연가

장미

사랑하는 그대여
계절의 여왕
오월에 헌정된
장미를 보았나요

가시에 숨기운 열정
붉은 꽃이 되어
신록을 수놓은
매혹의 화관을

침묵에 담기운 그리움
짙은 향기가 되어
그 누군가를 부르는
사랑의 소야곡을

장미꽃이 질 때

장미꽃 시들고
그 향기가
사라질 때

붉은 열정은
어느덧
여름을 달려

뜨거운
태양이 되고
춤추는
바다가 되리

가시가 되어

신록의 계절은
붉은 장미로
아름답고도
영예로웠다

그러나
그윽한 향기
달콤한 열정
순간에 지나가고

어느새
가시가 되어
기나긴 침묵만
깊이 서려있다

온전한 자유

단풍

울긋불긋
가을이
불타오른다

푸르른 잎
태워서
고운 빛으로

못다 이룬
푸른 꿈 그리며
하염없이

은행잎

촉촉한 봄비에
피어난
파릇한 새잎

투명한 가을볕에
떠나리
황금빛 잎새로

온전한 자유

낙엽 1

서산에 걸린
노을이
아름답듯이

가을을 수놓은
단풍은
아름답다

황금빛 잎새는
결코
시들지 않고

바람에 실리워
사라지리라
나뭇가질 떠나서

낙엽 2

찬바람에
고운 나뭇잎이
휘날린다

계절이 지나는
늦가을의 비움이
슬픔만은 아니다

자신을 비워서
새 봄의 소생을
예비하기에

온전한 자유

낙엽 3

한없이 출렁이는
동해의 바다물결
바라보고

억겁을 침묵하는
설악산 큰 바위
뒤돌아보며

올가을에도
나뭇잎이
바람에 흩어진다

나목裸木

더
감출 것 없는
나목

매서운 한파
눈보라에도
견디어

봄볕에
꽃을 피우고
새잎을 연다

온전한 자유

아름다움

모든
아름다움은
시간의 픽션이다

시간의 흐름
그리고
남는 공허

시공은
공허로 뒤덮여
허허롭지만

진정
아름다움은
한 폭의 행복이다

III.
가을 하늘

초우 初雨

마음 곁 잔설
녹여내고

영롱한 봄빛
머금는다

온전한 자유

III.
가을 하늘

초우 初雨

마음 곁 잔설
녹여내고

영롱한 봄빛
머금는다

온전한 자유

봄빛

따스한 햇살
부드러운 바람

빈가지 가득 피어난
온갖 꽃들의 기이한 빛

새 봄에 보내온
천상의 아름다움

봄에 피는 꽃

긴 겨울
흰눈 머금고
찬바람 견디며

이른 봄
한적한 산과 들에
피어난 꽃

누가 그리워
봄을 밝히고
지는 걸까

봄 속에서

온갖 꽃들
만개한
꿈같은 절경絶景

나뭇가지에
새움 돋을 새
총총히 떠나리

봄의 정취

화창한
그래서 동요되는
나긋한
그래서 졸리운

감미로운 바람
비단같은 햇살
날 꽁꽁 묶고
도취케 하도다

온전한 자유

오월에

초여름
청명한 대기에
신록은
더욱 푸르다

도심엔
젊음이 가득하고
여인들은
곡선을 더한다

여름의 열정

뜨거운 햇볕
찌는 더위

때로 오가는
세찬 빗줄기

대지의 녹음
더욱 짙고

여름의 열정
보다 깊다

온전한 자유

여름의 노래

한여름
정오후
타오른 태양
잠든 바람

하늘가 뭉게구름
더욱 희고
대지의 풀과 숲
더욱 짙다

오직
매미들의 합창만
찌는 여름을
음유한다

여름

태양은
여름의 제왕
대자연은
폭염에 순복한다

무더위는
여름의 귀족
대지에
깊은 적막을 편다

여름은
만물을
무성케 하고
열매를 맺게 한다

온전한 자유

초가을

여름이 지나는
길목엔

높푸른 하늘가
떠가는 구름 가벼웁고

강렬한 햇살사이
스치는 바람 경쾌하다

가을 아침에

아침
잔잔한 호수엔
가을의 하늘이 있고
그 가를 달리는
구름이 있고

언덕과
나무와
이슬을 머금은 풀잎
그리고
나의 긴 그림자가 있다

가을빛

떡갈나무
닢에 스며든
가을

붉그랗게
수줍음으로
반기지요

어느 강가
호젓한
오후의 빛을

가을날

구름이
보이지 않는
높푸르른 하늘
눈이 부시게
화창한
어느 가을날

내 시야 끝까지
펼쳐진
가을의 정취는
하염없이 곱다
어쩌면
슬프도록

가을 하늘 1

코발트색
가을 하늘은
교묘하여

서늘한
바람을 불러와

만산을
붉게 물들이고

들녘을
금빛으로 채색한다.

가을 하늘 2

파아란
가을 하늘은
청명하여

맑은
햇살 비추어

뒷동산의 밤톨
영글게 하고

앞뜰의 감들
익어가게 한다

온전한 자유

가을 하늘 3

푸르른
가을 하늘은
기이하여

차가운
이슬 내려

길가의 코스모스
단아케 하고

들에 핀 국화
더욱 청초케 한다.

가을 하늘 4

청자빛
가을 하늘은
가이 없다.

아득한
이별이 서러워

노오란 은행잎
미련을 담고

붉그레한 나뭇잎
아쉬움을 더한다.

온전한 자유

가을 편지

곱게 물든
나뭇잎에
그리움 담아
가을 바람에
전하오니

아리따운
고운 잎
그댈 부르거든
나의 사랑
부디 잊지마오

가을 단풍

맑은 햇살에
곱게 물든 나뭇잎
신이 허락하신
영예로운 훈장

시야 끝까지
펼쳐진 가을 속
깊이 흐르는
아름다운 매듭

온전한 자유

가을이 깊어

가을이 깊어
노오란 은행잎이
아름다와
감동을 일으키고

아름다와
사랑을 일깨우고
뚝 뚝 떨어져
가슴에 쌓인다

IV.
눈꽃 축제

봄비 1

소리 없이
촉촉히 내리어

부푼 꿈 머금은
봉오리마다

영롱한 봄빛
밝히누나

봄비 2

그 정겨운 부름에
만물이 깨어나
움트고 꽃피우는

하늘이 내리는
알 수 없는
사랑의 묘약

하우 夏雨

초목이 휘고
장쾌한 빗줄기가
빛을 가른다
자연의 웅혼을
주타奏打하듯

영원에서
영원으로
천지의 대자연을
인위의 허세를
일깨우려나

아니
거친 세파에
시달린
장부의 시름
씻으려는가

온전한 자유

겨울비

온 종일
나목裸木을 적시는
겨울비

찬란한
나뭇잎 잃은
슬픔일까

첫눈

아름다운 단풍
낙엽이 되어
사라져 간 지금

소복한 함박눈
소리 없이 춤추며
대지 위에 쌓이네

온전한 자유

진시황릉

일찍이
영생을 갈망하였고
그리고
너무도 덧없이 죽어간
1세 시황제

아직도
여기 여산驪山아래
호기있게 누워있어
가히
그 고만高慢함이
만세에 이르는 도다

계림산수 桂林山水

휘영찬 둥근달 속
계수나무
꿈따라 내려와
계림을 수놓고

기묘한 산세
맑은 이강漓江따라
구비 구비
절경을 이루니

안개에 감긴
계림의 산수 거닐 때
그 누구가
신선이 아닐런가

온전한 자유

하노이의 달

내 어릴적
고향땅
밤하늘 비추던
정겨운 달

하노이의
밤하늘
구름 사이로
보이는구나

몽골 초원

그 옛날
징기스칸의
용맹한 군대는
간 곳 없고

지금
광활한 초원에
피어난 들꽃들로
아름답다

온전한 자유

파도

다르에스살람
바닷가 절벽에 이는
파도는
끊임이 없어도

무궁히 변하는
구름처럼
순간순간
늘 새롭도다

새롭게 하시는 하나님

시공을
그리고
만물을
새롭게 하시는 하나님

매일
새날을 주시고
매해
새 계절을 베푸시니

세세년년
하나님의 섭리가
현현顯現합니다
온 누리에

온전한 자유

주의 섭리

당신은
여름을 완성하여
산과 들에
온갖 열매를 베푸십니다.

당신은
가을을 채색하여
고운 빛으로
온 누리를 비우십니다.

당신은
겨울을 잠재우고
흰 눈으로
싱싱한 소생을 예비하십니다.

너와 나
우리 모두에게
약속하신
새 봄을 위하여

기쁨

새롭게 피어나는
온갖 꽃들의
기이한 빛

어느 봄날에
조용히 스며든
창조주의 기쁨

새 생명

주님 지으신
연한 새 잎은
꽃샘 눈보라도
짙은 황사도
우박과 폭풍우라도
메마른 대지를 덮고,
잠잠히 봄을 노래합니다.

주님 이루신
십자가 사랑은
돈의 마력도
권세의 위력도
성의 유혹과 세상 명예라도
죄악된 세상을 이기고,
묵묵히 새 생명을 찬양합니다.

이름 모를 풀

하얀 목련
화사한 벚꽃
봄을
뽐내지만

하나님은
사랑이시고
또한
공의로와서

산과 들
이름 모를
풀들로
봄을 이루신다

온전한 자유

솜씨

온 산야
나뭇잎마다
채색옷 입혀
북풍에 거두시고

온 누리
빈 자리마다
새잎 내시어
푸른 숲 이루시는

종적도 없는
님의 솜씨
그 누가
헤아릴 수 있나

흰눈은 1

흰눈은
텅비인 대지에
내리는
영혼의 만나

긴 겨울의
단조로움에
펼쳐진
순박한 아름다움

싸늘한 추위 속
내 마음에
담겨진
알 수 없는 온온함

온전한 자유

흰눈은 2

흰눈은
황량한 계절을
감싸안는
순수한 군무群舞

기억 넘어
아득한 곳
잊어진 이들
그립게 하고

차가운
일상을 비껴
너와 나를
포근케 한다

흰눈은 3

흰눈은
하늘에서
내리는
정거운 선물

냉냉한
산과 들에
포근한
이불을 펼치고

늘 푸르른
소나무엔
눈부신
아름다움을 쌓는다

온전한 자유

눈꽃 축제

밤 깊도록 내린
함박눈

나뭇가지마다
꽃으로 활짝 피어

온 세상 밝히는
어느 화사한 아침

그 누구가
겨울이 쓸쓸타 하리

V.
하나님의 뜻

하나님은

하나님은
이백/하이네/릴케…
뭇 시인들이
형언할 수 없는
근원적인 시인이시요

하나님은
미켈란젤로/모네/마티스…
뭇 화가들이
묘사할 수 없는
본원적인 화가이시다

온전한 자유

하나님의 영광

하나님의 영광은
참되고
선하며
아름답다

우리가
진리 안에 거하고
선을 행하며
아름다움을 추구하면

지극히 높으신
하나님께
영광을
더하는 것이다

온전한 자유

은혜로우신 하나님
저에게는 의로움이
전혀 없음을
깊이 깨닫게 하소서

그리하여
저로 하여금
온전한 죄인으로
주님 앞에 서게 하소서

전능하신 아버지시여
주님만을 의지함으로
진실로 온전한 자유를
누리게 하소서

온전한 자유

주의 은혜

모든 물이
흘러 흘러
낮은 곳에 모이듯

주의 은혜
찾고 찾아
겸손한 자에 머문다

선악과

각종 나무의 열매는
임의로 먹되
선악과는
먹지 말라
하시였거늘

인간은
선을 원하지마는
유혹에 이끌리어
악을 행하는
곤고한 존재이기에

온전한 자유

행복

이 혼탁한 세상에서
행복은
신기루와 같다

오직
창조주를 아는 것
행복의 시작이며

창조주의 사랑
누리는 자
행복을 소유한다

임마누엘Immanuel

오직
영원한 선이신
하나님이
함께 하시면

온 세상이
날 외면하여도
난
행복하리

온전한 자유

하나님의 뜻

이 세상에선
단지
일용할 양식을
구하게 하신 주님

아침마다
만나를 거두되
오직 먹을 만큼만
거두게 하신 하나님

육신의 정욕
안목의 정욕
이생의 자랑
다 헛되고 헛되니

섭리

인간의 일은
단지
보조적이고

하나님의 일은
대저
주도적이다

온전한 자유

말씀

하나님 말씀은
영원한
새로운 감동

시공을 넘어
늘 새롭게
계시하신다

말씀은

사람은
빨리 변하고
총총히
사라지지만

말씀은
영원하고
언제나
우리 곁에 있도다

온전한 자유

염려

언제나 사랑으로
우리와 함께 하시는
하나님을 의뢰하라

그러하지 않으면
결단코
염려가 따르리니

염려는
하나님을 믿지 못함이요
무엇보다도
나의 의의 표상이리니

무지無知

우린
실패가 성공인 것을
알지 못하고

때론
성공이 실패인 것을
알 수 없기에

언제나
저희의 삶을
인도하소서

오직
당신의 선하신
뜻 안에서

온전한 자유

무한無限

하나님 당신은

無限하십니다

그 무한한 사랑

그 무한한 공의

그 무한한 권능

그 무한한 경륜으로

주님 당신은

아주 하찮은

우리를 부르시고

그 무한의 편린片鱗에

연계하십니다

오직 은혜로

아가페 Agape

죄의 굴레에서
헤매는
인간들의 숙명을
참으로
궁휼히 여기사

십자가의 고통을
감당하시어
죽기까지
우리의 죄를 대속하신
한없는 깊은 사랑

온전한 자유

부활 1

모든 죽어가는
피조물 중에
인간을
가장 사랑하사

우릴 부르시고
다시 살리시는
하나님의
놀라우신 경륜

부활 2

죽음에 이르게 되는
사탄의 궤계를 끊고
영원한 생명의
새 시대를 열은

구원자
예수님의 영광
창조주
하나님의 경륜

온전한 자유

성탄

원죄의 속박에서
우리를 구하시고
임마누엘의 사랑으로
우릴 새롭게 하시는
예수 그리스도

메시아 오심
2012년 성탄절 이브
은혜와 평강의 주께
경배하옵고
찬양하옵니다

임마누 엘^{immanu el}

어둠과 사망의
이 세상에
빛과 생명의
하나님 나라와 그 의를
구현하신 예수 그리스도

임마누 엘 오심
2014년 탄신일 전야
사랑과 은혜의 주께
경배하옵고
기뻐 찬양하옵니다

온전한 자유

사랑

충만한
사랑으로
만물을 창조하시고

오직
사랑으로만
생명을 계승케 하시는

하나님은
오직
사랑이시다

생명나무

믿는 자마다
사망에서
생명으로
영생케 하신

생명나무와
그 열매되신
예수 십자가와
그 보혈의 능력

온전한 자유

VI.
그리움

하얀 미소

어느 늦은 가을날
당신은
선지빛 낙엽으로
작별인사를 남겼습니다

빈가지에
짙푸른 하늘 담고
매서운 삭풍
차가운 눈을 맞으며

그러나
지금 당신은
하이얀 꽃으로
연분홍 미소로 반깁니다
날 사랑한다고

그리움

온 종일 내리는
빗줄길 따라 이는
알 수 없는
그리움

못 잊은
별리의 아쉬움일까
그대
다감한 속삭임일까

알듯
말듯
일상에 접혀진
미완의 연정

시원섭섭

아침 저녁으로
부는
선선한 바람

우릴
너무도
시원케 하나

산과 바다로
부르던
열정의 여름

말없이
우리 곁을 떠난다
인사도 없이

온전한 자유

송편

산에서
솔잎을 따고
논두렁의
콩대를 꺾어와

온가족
둘러앉아
햅쌀로
정담情談을 빚는다

세레나데 Serenade

노을진 초저녁
싱그런 길녘에

장미꽃 짙은 향기가
나즈막이 부른다

아름다운
소야곡小夜曲되어

온전한 자유

밤이 오면

밤이 되면
어둠이 소리 없이
별들을 불러
은하를 만들고

밤이 오면
어둠이 밀물처럼
고독을 몰고와
그리움이 파도친다

고적孤寂

뭇 사람이
뭇 일에 열중할 때
혼자서
고적감孤寂感에 빠져든다

모두가
적막寂幕속에 잠겨있을 때
그 복잡한 실상實像을
잊을 수 없다

온전한 자유

시간은

시간은
소박하고 단순하나
모든 것을 포용하는
불가항력의 신비가 있다

시간은
형체도 소리도 없으나
모든 것을 변모시키는
불가역적인 위엄이 있다

시간은
흐르는 듯하나
홀로
낡지 않고 흐르지 않는
불가해한 영속이 있다

공간은

느릿느릿
공간은
멈출 수 없는 시간을
넓은 품 안에
간직합니다

허허로운
공간은
측량할 수 없는
심오한 흔적을
머금고 있습니다

온전한 자유

비움

가을은
냉철한 이성의 계절

차가운 바람은
공간을 비워낸다

새로운 시간을
펼치기 위하여

채움

봄은
온온한 감성의 계절

따스한 바람은
시간을 깨워낸다

새로운 공간을
펼치기 위하여

온전한 자유

밤은 1

밤은
노을을 거두고
지친 한날에
안식을 베푼다

밤은
새로운 한날을
잉태하여
새벽을 펼친다

밤은 2

밤은
내면의 시간
내일을
꿈꾸게 한다

밤은
영원의 공간
아득한
우주를 펼친다

온전한 자유

밤은 3

밤은
태양이 잠든 곳
작은 불빛이
반짝인다

밤은
태곳적 비디오
둥근달이
하늘에 떠간다

오늘은

오늘은
진부陳腐한
그러나
새로운 날이다

오늘은
일상日常에
펼쳐진
영원의 현존이다

온전한 자유

인내

만년을 지켜 온
북한산에
서 있는 바위들의
인내심을 보라

그리고
그 바위들의 창조자이신
하나님의
우주적 인내심을
헤아려 본다

미덕美德

꽃은
소리 없이 피어
아름다운
오묘한 힘을
머금고

선함도
필경
꽃과 같은
순결한 미덕美德
함축하리

　　　　　　　　　　　　온전한 자유

배려配慮

어두운 밤
우리가
외롭지 않게

정겨운 달
만들어 주신
깊은 사랑

기회

모든 실패는
어떤 아름다운 도전의
새로운 이정표

꿈 있는 자
실패로 포장된
기회를 찾아 나가리

온전한 자유

한계 限界

가능한 것 넘어
펼쳐져 있는
가능하지 않은 것들을
막막히 바라보며

모든 피조물은
한계적 존재라는
엄숙한 진리 앞에
남몰래 눈물진다

한강을 굽어보며

매일 새롭게
아침이
밝아오듯이

매해 새롭게
아름다운 꽃들로
봄은 피어오른다

만물을 지으신 주님
당신은
시간을 영원케 하셨으니

유유한
저 강물의 흐름은
유한한 자의 깊은 슬픔입니다

온전한 자유